LATA
de
SAL

Eric Litwin / James Dean
Pete el gato
I Love My White Shoes

Título original: *Pete the Cat. I Love My White Shoes*
Publicado por acuerdo con HarperCollins Children's Books,
una división de HarperCollins
© del texto: Eric Litwin, 2008
© de las ilustraciones: James Dean, 2008, creador de Pete el gato
© de la letra y música de la canción: Eric Litwin, 2010

© Lata de Sal Editorial, 2016

www.latadesal.com
info@latadesal.com

© de la traducción: Lata de Sal Editorial
© del diseño de la colección y la maquetación: Aresográfico

Impresión: Egedsa
ISBN: 978-84-944698-9-3
Depósito legal: M-19199-2016
Impreso en España

Este libro está escrito con tipografía Handy Sans.
Sus dimensiones son 216 × 279 mm.

Y Logan y Chasis nos recuerdan siempre que... todo va bien.

Este libro surgió como un mero sueño de Eric y James.
Con el tiempo, el sueño empezó a crecer gracias a la ayuda de algunas
personas excepcionales. Estamos profundamente agradecidos a:
Elizabeth Dulemba, por la dirección artística; Michael Levine, por la
producción musical; Marla Zafft, por el diseño del libro; Bobby Slotkin,
por la asesoría legal; Karin Wilson, de Page and Palette Bookstore,
por compartir nuestro libro con HarperCollins.

PETE EL GATO

I LOVE MY WHITE SHOES

Escrito por
Eric Litwin

Ilustrado por
James Dean
(Creador de Pete el gato)

LATA de SAL
Gatos

Pete el gato camina por la calle
con sus zapatos blancos recién
comprados. A Pete le gustan
tanto sus nuevos zapatos blancos
que canta esta canción:

"I love my **white** shoes,

I love my **white** shoes,

I love my **white** shoes."

♫ ♫

¡Oh, no!

Pete se mete en
una enorme
montaña de...

¡fresas!

¿De qué color son ahora sus zapatos?

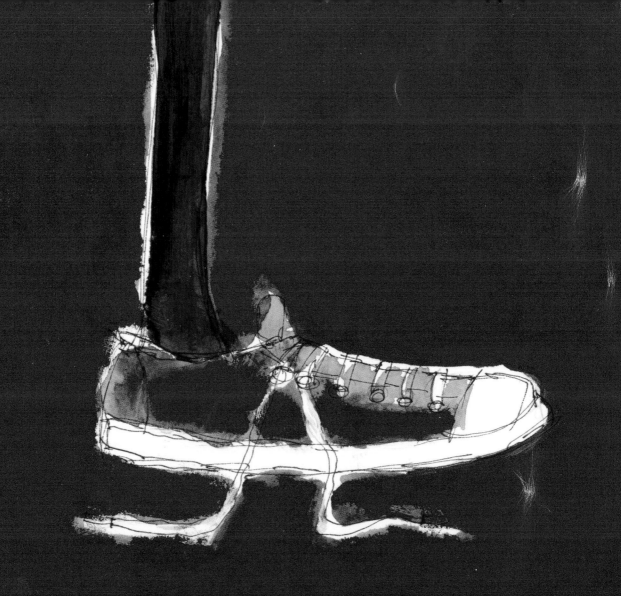

ROJO

¿Llora Pete?
¡Claro que no!

Continúa caminando y cantando su canción.

"I love my
red shoes,
I love my
red shoes,
I love my
red shoes."

¡Oh, no!
Pete se mete en
una enorme
montaña de...

¡arándanos!

¿De qué color son ahora sus zapatos?

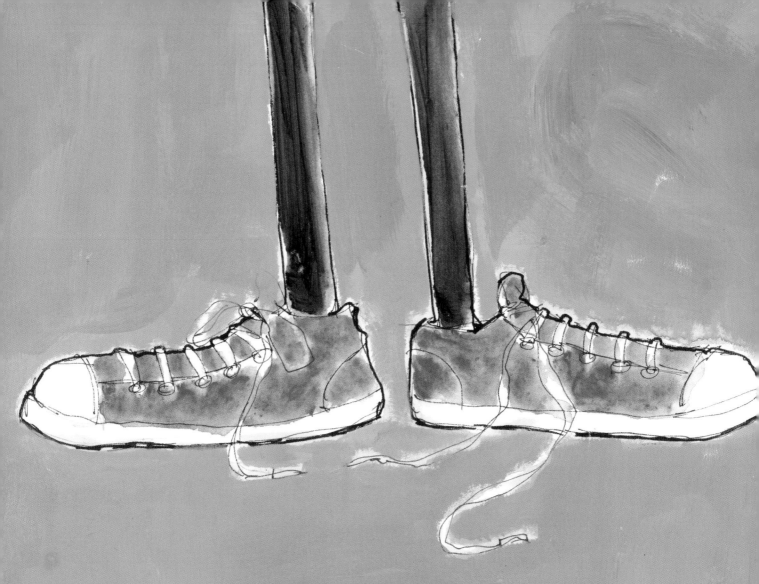

AZUL

¿Llora Pete?
¡Claro que no!

Continúa caminando y cantando su canción.

"I love my
blue shoes,
I love my
blue shoes,
I love my
blue shoes." ♫

¡Oh, no!

Pete se mete en un
enorme charco de...

¡barro!

¿De qué color son ahora sus zapatos?

MARRÓN

¿Llora Pete?
¡Claro que no!

Continúa caminando y cantando su canción.

"I love my
brown shoes,
I love my
brown shoes,
I love my
brown shoes." ♫♪

¡Oh, no! Pete se mete en un enorme cubo de agua...

y el color marrón,
el azul,
y el rojo
desaparecieron.

¿De qué color son
ahora sus zapatos?

BLANCO

Pero están MOJADOS.

¿Llora Pete?
¡Claro que no!

Continúa caminando y cantando su canción.

"I love my **WET** shoes,

I love my **WET** shoes,

I love my **WET** shoes."

La moraleja de esta historia es:
«No importa dónde metas la pata,
continúa caminando y
cantando tu canción...

porque todo va bien≫.

GOBIERNO
DE ESPAÑA

MINISTERIO
DE EDUCACIÓN, CULTURA
Y DEPORTE

SECRETARÍA
DE ESTADO
DE CULTURA

Esta obra ha recibido una ayuda a la edición del
Ministerio de Educación, Cultura y Deporte